LE

Livre de l'Amour

DE T. TJUVALLOUVA

TRADUIT DU TAMOUL

PAR

G. DE BARRIGUE DE FONTAINIEU

Élève diplômé de l'École des Langues Orientales vivantes

PARIS

ALPHONSE LEMERRE, ÉDITEUR

23-31, PASSAGE CHOISEUL, 23-31

M DCCC LXXXIX

Le Livre de l'Amour

Tiruvalluvar

LE Livre de l'Amour

DU TIROUVALLOUVA

TRADUIT DU TAMOUL

PAR

M. BARRIGUE DE FONTAINIEU

Chef adjoint de l'École des Langues Orientales vivantes

PARIS

ALPHONSE LEMERRE, ÉDITEUR

23-31, PASSAGE CHOISEUL, 23-31

M DCCC LXXXIX

LE
Livre de l'Amour

DE TIROUVALLOUVA

TRADUIT DU TAMOUL

PAR

G. DE BARRIGUE DE FONTAINIEU

Élève diplômé de l'École des langues Orientales vivantes

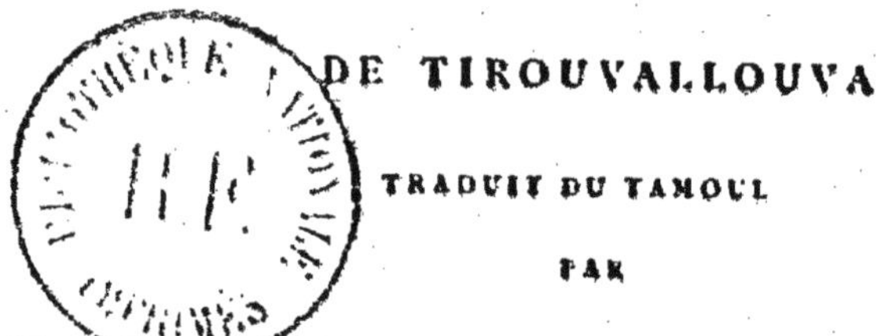

PARIS

ALPHONSE LEMERRE, ÉDITEUR

23-31, PASSAGE CHOISEUL, 23-31

—

M DCCC LXXXIX

AVANT-PROPOS

ᴸ ᴱꜱ *strophes qu'on trouvera, fort bien traduites, ci-après, forment un véritable
manuel classique et didactique de l'amour;
elles font partie d'un traité de morale bien connu et très
estimé dans le sud de l'Inde, les* Kural *de* Tiruvalluva. *Ce rapprochement de deux mots en apparence
peu faits pour aller ensemble, — res olim disso-
ciabiles, — amour et morale, choquera peut-être les
habitudes occidentales ou les préjugés européens; mais
l'Inde a sur ce point des idées particulières: dans ces*

régions bienheureuses, rien de ce qui est naturel ne saurait être immoral; et je ne sais vraiment si la manière de voir des Hindous n'est pas préférable à la nôtre.

C'est que, suivant les Sages de l'Inde, la vie humaine, sa raison d'être, son origine, son but, ne sont pas envisagés au même point de vue que chez nous. On a prétendu que toute la race européenne doit avoir au fond une seule et même philosophie; on a affirmé que les antiques doctrines de la péninsule cisgangétique étaient hautement spiritualistes et qu'elles se résumaient en un mysticisme transcendant; mais, ces hypothèses d'indianistes éminents ne reposent que sur des idées préconçues et parfois sur un défaut de méthode; d'autre part, les indications de maints fantaisistes n'ont le plus souvent pour base que leur imagination. En réalité, c'est dans les religions vraiment populaires qu'il faut chercher l'idée indienne originale; ces religions vraiment populaires se réduisent à deux principales : le Bouddhisme et le Çivaïsme, qui présentent l'un et l'autre le développement d'une seule et même doctrine fondamentale.

Quoi qu'on en ait dit, cette doctrine est un pur matérialisme ou, si le mot déplaît, un naturalisme absolu, logique et raisonné. Les dieux, ou plutôt le dieu qu'on y

mêle, n'est qu'un trompe-l'œil, qu'un prétexte, qu'une
utilité, comme on dirait en style de comédie; il ne joue
aucun rôle personnel et décisif et n'a même pas la pré-
tention d'être éternel. Toute la théorie a pour base l'ob-
servation et l'expérience : les ancêtres des Indiens actuels
avaient constaté autour d'eux que dans la nature rien
ne se perd et rien ne se crée; ils avaient reconnu que les
êtres ou les objets divers autour desquels gravite la vie
n'existent que par la manifestation isolée de l'activité
générale ou, comme diraient les philosophes contemporains,
par la localisation de la force qui meut sans cesse — mens
agitat molem — la matière indestructible mais infini-
ment variable. Ils en ont conclu que la vie elle-même
n'est qu'un accident dans cette évolution constante, que
l'être humain n'est qu'un cas particulier de ces manifes-
tations isolées et que la fin suprême de tout ce qui existe
à l'état individuel est le retour à la substance indéter-
minée, l'absorption finale dans le grand tout informe et
impersonnel : cette absorption, résultat forcé de l'anéan-
tissement de la personnalité, est ce que les bouddhistes ont
appelé le Nirvâna.

Par conséquent, partant du fait de l'existence de
l'homme, postulatum nécessaire et indiscutable, quel

doit être le but de la vie ? Évidemment l'absorption finale, et en attendant il convient d'employer le temps de la façon la moins contraire au but final et la mieux appropriée aux nécessités passagères actuelles. Je ne saurais entrer ici dans le détail de toute cette philosophie très simple et en même temps très compliquée, où la renaissance, la métempsycose, s'explique tout naturellement par un excès d'activité, c'est-à-dire d'individualité, et où le bien et le mal sont également condamnés puisqu'ils sont contraires à l'inertie de la substance primordiale. Mais on conçoit par ce simple exposé que les quatre fins de l'existence, en sanskrit dharmârthakâmamôkcha [*] « devoir, fortune, amour, but suprême » se classent en deux catégories séparées, l'une relative à l'existence actuelle, l'autre relative au devenir ultérieur, et que l'étude de la première seule peut être l'objet de la morale humaine. Je ne recherche pas non plus pourquoi la morale

---

[*] En tamoul : *ar'am* « vertu, sagesse » (de la racine *ar'i* « savoir »); — *porul* « chose, affaire, biens, fortune » ; — *inbam* « plaisir » ; — *vidu* « demeure, maison, séjour », ou *pêr'u* « gain ». En sanscrit, le but suprême s'appelle aussi *gati* « voie, marche, progrès » et par extension « but, terme ». On a traduit *dharma, artha* et *kâma* par « l'honnête, l'utile et l'agréable ».

humaine ne comprend que ces trois buts principaux :
vertu, fortune, amour ; il ne serait d'ailleurs pas mal-
aisé de s'en rendre compte en étudiant les besoins sub-
jectifs et objectifs de l'être humain.

La vertu, la fortune, l'amour — l'amour sensuel
et non pas l'amour sentimental et platonique, qui est
un progrès, un dérivé, ou une aberration de l'autre,
selon la manière dont on l'envisage ; — tels sont donc
les sujets qu'aura à développer tout traité indien de
morale. La vertu est de deux sortes : vertu domestique,
sociale, ou laïque, pratiquée par les gens du monde, par
les gens mariés, et vertu religieuse ou plutôt ascétique,
pratiquée par les hommes supérieurs qui ont renoncé au
monde. La fortune, ou si l'on veut le bien matériel,
appartient surtout aux rois, aux ministres, aux grands
seigneurs ; c'est principalement à ceux-là que s'adresse
cette partie des traités de morale : ils y apprennent leurs
droits et leurs devoirs : bonté, science, tactique, persévé-
rance, prudence, charité, etc.

Quant à l'amour, les Indiens en ont fait la théorie
complète, en ont réglé pour ainsi dire l'ordre et la
marche ; aussi dans ce pays de conservatisme à outrance
et de traditionalisme religieux, il n'est pas un seul livre

d'amour — manuel théorique ou roman descriptif — qui ne rentre dans le cadre conventionnel. L'ouvrage devra toujours comprendre deux parties successives : la première est consacrée à l'amour sans mariage ou, comme disent les Indiens, au mariage à la mode des Gandharvas (musiciens célestes, prototypes mythologiques des Centaures), à l'union libre, comme on dirait dans certaines réunions contemporaines ; — la seconde traite de l'amour dans le mariage. Ces deux amours sont ordinairement consécutifs. On parle d'abord de la rencontre des deux amoureux, de l'impression qu'ils font l'un sur l'autre ; à ce propos, on peut décrire leurs charmes physiques et les qualités de leur esprit. Cependant le jeune homme et la jeune fille se sont vus ; leurs regards se sont communiqué mutuellement une flamme subite ; ils ne peuvent se livrer au sommeil, ils songent l'un à l'autre ; ils se plaignent d'être séparés, ils s'envoient des messages par des oiseaux, par des fleurs, par des nuages ; ils racontent leur amour à l'ombre, à la lune, puis à des confidents discrets. Le jour les ramène à l'endroit de leur première rencontre ; ils osent se parler. D'entrevue en entrevue, leur passion croît, elle aboutit à son terme fatal, la possession. Mais ces relations, cachées et secrètes, accompagnées d'angoisses, rendues difficiles par les soupçons des parents, ne suffisent plus aux amoureux : il leur faut la vie commune; il faut arriver au mariage. Le moyen le plus sûr est le scandale; l'amant a recours aux grands moyens, « il chevauche la branche de palmier » : au premier arbre venu (il y a des palmiers partout), il coupe une longue branche, s'y assied à califourchon et court, ou se fait porter, la nuit, à travers le village en criant son amour, son désir d'être uni à sa bien-aimée, et en défiant tous ses rivaux. Le village s'éveille, s'émeut; les gens bavardent, les amis interviennent, le roi lui-même quelquefois, et les parents consentent au mariage. Alors arrivent les alternatives inévitables de satiété, de renouveau d'amour, de bouderie, de jalousie. D'ordinaire, l'époux, à un moment donné, doit partir à la guerre : il marche à travers les plaines désolées, les déserts, en songeant à son amie absente. Elle, ne pouvant supporter la solitude, s'élance après lui; mais elle succombe à la fatigue et on la rapporte mourante, comme une liane flétrie; elle pleure, elle gémit, elle se lamente et n'écoute ni sa chère compagne ni sa tendre mère qui lui prodiguent leurs consolations; elle ne revient à la vie qu'à l'annonce de la victoire, signe certain du retour prochain de l'époux. Le temps est long à son impatience : pourquoi n'est-il pas déjà à ses pieds? Les voisines qui l'observent se plaisent à exciter sa jalousie; on lui insinue qu'il s'est arrêté en route, qu'on l'a vu entrer chez des courtisanes! Aussi, comme elle l'accueille avec une froideur simulée dont il n'est d'ailleurs pas dupe; comme elle compare avec insistance sa naïveté à la science « des autres », comme elle boude à la fois dépitée et avide des plaisirs amoureux! La réconciliation ne tarde guère, pour être suivie de nouvelles bouderies toujours apaisées par de douces paroles auxquelles elle ne veut pas croire et par d'ardents baisers qu'elle sollicite...

Tous les poèmes d'amour du pays tamoul sont rédigés sur ce plan. Celui qu'on lira ci-après n'est pas autrement conçu. C'est, comme je l'ai dit plus haut, la troisième et dernière partie des Kural de Tiruvalluva.

Kural, c'est comme si l'on disait en français : « distiques ». Toutes les strophes de l'ouvrage sont de deux vers, de quatre et trois pieds, d'une mesure uniforme. Ils suivent le rhythme venba qui est assujetti à des règles assez rigoureuses. Le dernier pied n'a qu'une syllabe longue ou deux brèves; les six autres pieds de la strophe peuvent varier de deux syllabes (longues) à cinq (quatre

brèves et une longue) mais la séquence de ces pieds est
déterminée rigoureusement par des considérations d'har-
monie. L'ouvrage contient 1330 kural répartis en 133
chapitres de dix strophes chacun.

Tiruvalluva est, dit-on, le nom de l'auteur. La tradition en fait un paria, et l'on appuie cette tradition sur
l'étymologie du mot, qui signifierait : « le saint Valluva »,
c'est-à-dire le saint prêtre paria ; on l'appuie aussi sur
plusieurs légendes où Çiva, pour rabaisser l'orgueil des
Académiciens de Maduré qui avaient osé le contredire*,
suscite un poète éminent de la dernière classe de la
société. Mais cette opinion m'a toujours paru tout à fait
invraisemblable : comment un paria aurait-il pu acqué-
rir les connaissances nécessaires à la composition d'un
livre comme les Kural? D'ailleurs, le nom de Tiruval-

---

* Le sujet de la querelle est pour nous assez étrange. Il s'a-
gissait de savoir si la chevelure d'une Padmini, c'est-à-dire d'une
femme douée de toutes les qualités, est odoriférante par elle-
même ou si elle ne doit sa bonne odeur qu'aux parfums qu'on
y met. Çiva soutenait la première opinion ; l'Académie la dernière :
on cite à ce propos la fière attitude d'un poète, Natkira, qui osa ré-
sister en face au dieu suprême et lui répondre : « Quoi qu'on dise
et quoi qu'on fasse, j'ai raison ; des cheveux ne sont point par-
fumés par eux mêmes. »

luvâ peut fort bien être un nom de personne et non pas
la désignation d'une profession; l'étymologie ne prouve
rien, au contraire : Tiru (sanskrit çrî) veut dire
« saint, illustre »; valluva qui veut dire « devin »
(et c'est dans ce sens que les prêtres des parias sont appe-
lés ainsi) vient de la racine val « force, puissance,
etc. »; le nom signifierait donc, proprement, « l'illustre
habile », et il pourrait se faire que ce fût un des surnoms
de Brahmâ, dont l'auteur des Kural serait une incar-
nation, si l'on en croit la légende. Nous possédons en
effet une sorte de biographie légendaire de Tiruvalluva;
M. Ariel en a traduit le commencement dans le Journal
Asiatique (1847, t. IX, p. 5-47); je l'ai traduite
toute entière en 1863 (Revue Orientale et Américaine,
n° 49, t. IX, p. 93-136), et une traduction nouvelle
en a été publiée en 1879 à Karikal, à l'imprimerie de
Cassim-Mougaidine-Ravoullar, par M. J.-B. Adam,
juge de paix (pet. in-4° de iv-28 p.). Elle a été plusieurs fois traduite ou résumée en anglais.

D'après cette légende, Tiruvalluva n'est point d'aussi
basse extraction qu'on le suppose. Son père, Bhagavan,
petit-fils d'Agastya, avait bien eu pour mère une femme
de caste inférieure, mais il était aussi « noble » que son

père. Sa mère, Adi, fille d'un brame et d'une bramine, qui l'avaient abandonnée toute jeune, avait été recueillie et élevée par des parias. Les amours de Bhagavan et d'Adi sont d'un caractère particulier; ils rappellent un peu la ronde célèbre du Brésilien, qui faisait fureur en France il y a vingt-cinq ans: les deux personnages courent toujours l'un après l'autre, et, chemin faisant, la femme devient mère plusieurs fois. Ainsi en arriva-t-il d'Adi poursuivant son pieux époux. Tiruvalluva fut leur septième enfant; abandonné dès sa naissance, comme l'avaient été ses frères et ses sœurs, il fut adopté par un vellája (cultivateur propriétaire); élevé par lui et devenu habile en toutes sciences, il épousa la fille d'un riche agriculteur, auquel il avait rendu un grand service. Il s'établit alors à Mayilâppûr (Méliapour, où les Portugais ont cru retrouver les traces de saint Thomas, le disciple soupçonneux de Jésus-Christ, dont on a fait « l'apôtre des Indes »), et y exerça le métier de tisserand. Lorsqu'il eut composé ses Kural, il alla, suivant l'usage, les soumettre à l'approbation des quarante-neuf Académiciens de Maduré. Leurs séances avaient lieu sur l'étang aux lotus d'or de la grande pagode; les savants siégeaient sur un banc sacré, don du dieu, qui avait la propriété miraculeuse de s'allonger ou de se rétrécir, suivant le nombre et la valeur des gens qui y prenaient place. Tiruvalluva y posa son manuscrit. A l'instant, le banc se réduisit à la stricte dimension du paquet de feuilles de palmier où étaient écrits les Kural, et tous les Académiciens furent précipités dans l'étang, humiliation suprême que Çiva leur réservait. Ils en sortirent pour chanter chacun une strophe à la louange de Tiruvalluva et de son œuvre.

Quoi qu'il en soit, la vérité est que nous ne savons rien de positif sur l'auteur des Kural. J'ai même émis l'hypothèse que c'est là une compilation relativement récente, un recueil de strophes isolées de divers âges qu'aura réunies, il y a longtemps d'ailleurs, — vers le huitième siècle de notre ère, — la main pieuse d'un moraliste. On m'a objecté l'unité de style du livre, mais, outre qu'elle n'est pas absolue, il ne faut pas oublier que les écrivains tamouls se sont attachés à observer cette unité conformément au précepte d'un de leurs vieux grammairiens : « Sur quels sujets, avec quels mots, de quelle manière les hommes supérieurs ont écrit; — écrire ainsi, c'est la convenance du style » (Nannûl, II, v. 37).

Les Kural *ont été connus de bonne heure en Europe; ou, du moins, c'est un des premiers ouvrages qui ont été signalés aux Européens lorsqu'ils ont voulu étudier sérieusement la littérature tamoule. La première traduction qui en ait été faite est celle, en latin, de Beschi, missionnaire jésuite, qui a vécu dans l'Inde de 1710 à 1745 environ; elle n'a jamais été imprimée et l'on en connaît deux versions différentes, tellement différentes même qu'il est difficile de les attribuer au même auteur, à moins qu'il ne les ait composées à des époques fort éloignées l'une de l'autre. Je possède une copie manuscrite de la plus courte de ces deux versions; la Bibliothèque Nationale en a une de la seconde : Ellis, Graul et Pope en ont publié des extraits. Beschi n'avait traduit et commenté que les deux premières parties (la Vertu et la Fortune). Graul a joint à sa traduction allemande une traduction latine complète. — En français, il paraît qu'au milieu du dernier siècle le livre avait été traduit par un Indien de Karikal; le manuscrit original, contenant le texte d'un côté et la traduction de l'autre, aurait été déposé, vers 1761, à la Bibliothèque du Roi (il n'y a pas été retrouvé) par M. de Maudave, ancien colonel dans l'armée de Lally, et gendre de M. Porcher des Oulches,*

commandant *d*   *rikal. C'est ce que rapporte M. de
La Flotte, da*   *es* Essais Historiques sur l'Inde,
Paris, M DCC   *X, in-12, p. 316-321, où il cite
vingt-deux strophes de cette traduction. On trouve
encore les* Kural *cités, ainsi que d'autres ouvrages
tamouls, dans un livre fort peu connu :* Morale des
Orientaux, *par P.-A.-M. Miger, deuxième édition,
Paris, an VIII, p. 15-17 et 32-33 (les p. 15-17
contiennent sept strophes empruntées à M. de la Flotte;
les p. 32-33 en ont trois autres empruntées à une autre
source). Dans le* Journal Asiatique *(nos de novembre-
décembre 1848 et mai-juin 1852, t. XII, p. 416-433
et t. XIX, p. 381-435), M. Éd. Ariel, ancien élève
d'Eugène Burnouf, secrétaire du Conseil d'Administra-
tion de Pondichéry, a publié des extraits considérables de
tout l'ouvrage et surtout du troisième livre. En 1867,
M. Lamairesse, ancien ingénieur en chef des ponts-et-
chaussées à Pondichéry, a fait imprimer à Paris, à la
librairie internationale, une traduction complète, faite à
sa prière par des Indiens (*Poésies Populaires du sud
de l'Inde, traductions et notices, in-12, p. 9 à 207).
Un fantaisiste, pour ne pas le traiter plus sévèrement,
qui a largement exploité les trois années qu'il a passées*

comme fonctionnaire dans l'Inde française, a repris la traduction publiée par M. Lamairesse, l'a remaniée à sa façon et y a ajouté beaucoup de choses de son crû, avec d'autant plus d'aisance qu'il ne sait à peu près rien des langues ou des choses de l'Inde (Jacolliot, le Pariah* dans l'Humanité, Paris, 1876, in-8º, p. 76-220). — En allemand, on peut citer les traductions de Caemmerer (Nuremberg, 1803, in-8º) et de Graul (Bibliotheca tamulica, t. III, Leipzig, 1856, in-8º, xxiij-196 p.). — En anglais, il y a les traductions de N.-E. Kindersley (Specimens of Hindoo litterature, London, 1794, in-8º, p. 51-82); d'Ellis (Madras, 1822, 304 p. in-4º, sans titre), publication inachevée comprenant seulement XII chapitres et quatre strophes du XIIIᵉ, traduites en vers avec des explications et des notes très abondantes; de H. Drew (Madras, 1840 et 1852, 2 vol. in-8º de iv-191-24-xi p. et viij-229-xxiv

* Cet *h* est tout un poème; il en résulte incontestablement que l'écrivain ignore la forme originale hindoue du mot. Dans ce livre, M. Jacolliot affirme que Beschi a traduit les *kur'al* « en vers latins » et qu'une autre traduction a été faite par la Société Biblique de Londres. On ne sait vraiment ce qu'il faut admirer le plus de l'ignorance ou de l'impudence de l'auteur.

p.), contenant seulement soixante-trois chapitres des deux premiers livres, en prose; de M. E.-J. Robinson (Tales and poems of South-India, *Londres, 1885, in-8º, p. 71-149), en vers, réduite aux deux premières parties; et enfin l'œuvre magistrale de M. G.-U. Pope:* The " Sacred " Kural of Tiruvalluvanâyanâr (*Londres, 1886, in-8º de vj-xxviij-328-80 p.), dont le seul tort, à mon sens, est d'être une traduction en vers.*

Peut-on comprendre, parmi les traductions françaises, une sorte de compilation poétique faite, en 1854, sur les citations d'Ariel, par M. P. Guerrier de Dumast, président de l'Académie de Stanislas : Maximes traduites des Courals de Tirou-Vallouvar ou la Morale des Parias (*Nancy, 1854, in-8º, 34 p.) et les extraits de Gover dans son* Folk-lore of Southern India, *Londres, 1858*[*]?

Ces diverses traductions sont de valeur inégale. Pour nous en tenir à celles qui sont en français, les anciennes et celle publiée par M. Lamairesse sont certainement

---

[*] J'ai moi-même cité quelques strophes de Tiruvalluva dans un article sur *la poésie chez les races du sud de l'Inde*, Paris, 1871 (*Mémoires de l'Athénée Oriental*, (nº 7, p. 9-30).

exactes. Mais, faites par des Indiens, elles manquent de précision et sont trop souvent des paraphrases du texte. M. Ariel est tombé dans le défaut contraire : il a voulu serrer le texte indien de si près, non seulement quant au fond mais encore quant à la forme, que les strophes, dont la lecture est pénible, deviennent presque inintelligibles. M. de Fontainieu a cherché à éviter ces deux excès, et il me semble qu'il y a réussi. Ses traductions, scrupuleusement exactes, sont d'un style suffisamment correct pour n'exiger aucun effort spécial du lecteur, tout en lui laissant voir que ce qu'il a sous les yeux n'a été ni pensé, ni primitivement écrit en français.

M. de Fontainieu a cru devoir ajouter au troisième livre des Kural, la partie correspondante d'un autre traité de morale qui est presque aussi célèbre chez les Tamouls, le Nâladiyâr. Elle comprend seulement trois chapitres sur les quarante dont se compose tout l'ouvrage : il y a treize chapitres pour la vertu et vingt-quatre pour la fortune. C'est une compilation de strophes de différents styles et de différentes époques, faite à l'imitation des Kural. Chaque chapitre comprend dix strophes ; seulement, ici, les strophes sont de quatre vers, en tamoul nâl adi « quatre pieds », car ce que nous appelons « vers » s'appelle « pied » en tamoul. De là, dit-on, le nom de l'ouvrage. On attribue à ce nom une autre étymologie qui donne du reste à l'ouvrage une origine plus romanesque; on raconte qu'un certain roi avait mandé à sa cour huit mille poètes, mais qu'il ne les avait pas traités avec les égards dus à leur profession et à leur talent. Aussi, les poètes abandonnèrent-ils tous le palais une nuit, laissant chacun une feuille de palmier, avec une strophe de sa composition, improvisée au moment du départ. Le monarque irrité fit jeter les huit mille strophes à la rivière, mais quatre cents d'entre elles remontèrent le courant, aux yeux émerveillés des assistants. Pieusement recueillies, elles ont formé le Nâladiyâr.

Je laisserai mes lecteurs sur cette légende, bien digne de l'imagination poétique de l'orient Indien. Dans ces pays privilégiés, où les ennuis matériels sont moins fréquents et moins pénibles qu'en Europe; où la vie, moins exigeante, laisse plus de place au rêve, plus de temps à la fantaisie, et, par suite, plus de goût pour les abstractions de l'art, on a quelque peu le droit de prendre les choses de haut, de les traiter largement et de s'élever au-dessus *des préjugés vulgaires. C'est ce qui explique et excuse les hardiesses des pages qui vont suivre. La plupart des poëtes du Décan peuvent dire comme ceux de Rome :* Lasciva nobis est pagina, vita proba est.

Julien VINSON,

Professeur d'Hindoustani et de Tamoul
à l'École nationale et spéciale des Langues
Orientales vivantes.

Le Livre de l'Amour

—

I

LA BEAUTÉ

CAUSE LE TROUBLE

L'AMANT.

EST-CE une divinité ? Est-ce un paon gracieux ? Est-ce une femme aux lourds pendants d'oreilles ?... Le trouble envahit mon cœur...

II

Lorsqu'elle me regarde et que ses yeux fixent mes yeux, c'est comme si la Déesse Victorieuse (Lakchmî) m'entourait de toute son armée.

III

J'ignorais naguère ce qu'on appelait la mort ; je l'ai appris maintenant : par sa nature de femme, elle a de grands yeux qui font la guerre.

IV

Les yeux d'une enfant à la nature de femme sont toujours prompts au combat ; l'âme de ceux qui la reg.rdent se consume à leur aspect.

V

Est-ce la mort ? Est-ce un coup d'œil ? Est-ce une gazelle ?... Ces trois choses à la fois sont dans le regard d'une jeune fille.

VI

Si les sourcils arqués cachent les cils, ses yeux ne pourront point causer le tremblement de la douleur.

VII

L'éléphant en rut a sur le front une draperie; un voile recouvre le sein encore insolent de la femme.

VIII

Ma force, que redoutaient les ennemis dans la bataille, s'est brisée, hélas! à ce front superbe...

IX

Pourquoi donner des parures à celle qui a la pudeur et le doux regard de la gazelle? Elles sont sans objet.

X

De même que l'amour, le miel épuré fait
les délices de ceux qui y goûtent, mais non
de ceux qui le contemplent.

II

LA

CONNAISSANCE DES SIGNES

L'AMANT.

I

Ses yeux dévorants ont deux regards : l'un qui fait le mal, l'autre qui le guérit.

II

Le regard furtif de ses yeux, à la dérobée, n'est pas la juste moitié de l'Amour : c'est plus encore.

III

Elle m'a regardé... Après m'avoir regardé, elle a baissé la tête : ce regard, c'est l'eau répandue sur la liane (de l'amour).

IV

Quand je la regarde, elle fixe les yeux à terre; si je détourne les yeux, elle me regarde, et, doucement, elle sourit.

V

Elle affecte de ne pas me regarder en face; mais clignant les yeux, elle sourit...

VI

Même s'ils tiennent un langage d'étrangers, on comprend vite les propos de gens qui ne sont point hostiles*.

VII

La parole faussement haineuse et le regard qui semble ennemi, c'est le signe que les amis ont simulé l'aversion.

VIII

Qu'il y a de grâce dans ses seules minauderies!... Quand je la regarde, elle sourit doucement, défaillante...

LA CONFIDENTE.

IX

Il y a des amoureux qui se regardent d'une façon banale, comme s'ils étaient étrangers l'un à l'autre...

X

Si les regards de leurs yeux qui s'échangent
se ressemblent, toute parole de leurs bouches
est inutile*...

III

LES

JOIES DE LA POSSESSION

L'AMANT.

I

Voir, entendre, goûter, sentir, toucher... ces cinq sensations se retrouvent à la fois auprès de la femme aux bracelets splendides.

II

Les maladies ont leurs spécifiques dans les contraires; la femme aux superbes ornements est le propre remède au mal qu'elle produit.

III

Comparé au sommeil entre les bras délicats d'une adorée, est-il donc si doux, le séjour du dieu aux yeux de nénuphar (Vichnou)?

IV

Ce feu qui rafraîchit lorsqu'on l'approche, qui consume lorsqu'on s'éloigne, où l'a-t-elle obtenu?

V

Les bras de celle qui a les cheveux pleins de boutons de fleurs, sont pareils à tout, à l'heure du désir...

VI

Les bras de la jeune fille sont pétris d'ambroisie : on les frôle, et chaque fois l'âme s'épanouit à leur contact.

VII

Étreindre une femme aux beautés éclatantes, c'est comme si l'on savourait chez soi sa part de son propre bien.

VIII

A deux amants qui s'adorent est douce l'étreinte qui ne laisse entre eux aucun passage à la brise.

IX

Bouder, s'attendrir, s'abandonner...tels sont les profits qu'obtiennent ceux qui se sont unis d'amour.

X

De même que chaque fois qu'on acquiert une science nouvelle, on s'aperçoit de son ignorance, de même l'amour apparaît, toutes les fois qu'on la possède, chez la femme aux joyaux magnifiques.

IV

ÉLOGE DE LA BEAUTÉ

L'AMANT.

I

Tu es belle, fleur Anitcha, salut! Mais ma bien-aimée est plus délicate que toi!...

II

Quand je vois des fleurs, tu t'égares, ô mon cœur, et tu songes : « Les yeux de mon adorée ressemblent à ces fleurs que tout le monde a vues... »

III

Son corps a la délicatesse du bourgeon naissant ; ses dents sont des perles ; elle répand une odeur suave. Ses yeux sont des javelots aigus, ses bras ont la souplesse du bambou.

IV

A sa vue, les nénuphars s'inclinent, regardant le sol : « Nous ne pourrons pas, disent-ils, égaler les yeux de celle qui a des joyaux superbes... »

V

Elle s'est parée, sans en briser la tige, d'une fleur d'anitcha : pour sa taille, le tambourin ne résonne point gaiement*.

VI

Les étoiles s'égarent dans l'espace, ne pouvant distinguer la lune du visage de la jeune femme.

VII

Comme la lune, dont la splendeur croît et décroît, est-il parsemé de taches, le visage de la jeune fille ?

VIII

Si tu es capable de lancer des rayons comme le visage de la jeune fille, tu seras adorée, ô Lune, salut !

IX

Si tu veux égaler le visage de celle qui a les yeux pareils à des fleurs, ô Lune, ne te fais pas voir à tant de monde...

X

La fleur de l'anitcha et le duvet du cygne sont, pour les pieds de la jeune fille, comme les fruits épineux du *nerundji*...

V

GLORIFICATION DU DÉSIR

L'AMANT.

I

La salive qui mouille les dents blanches de celle dont la voix est mélodieuse, semble un mélange de miel et de lait.

II

Tel est l'attachement de l'âme pour le corps, telle est mon affection pour cette jeune fille.

III

O image qui remplis ma noire prunelle, va-t'en! le front divin de mon adorée n'y a pas de place.

IV

Ma bien-aimée aux précieuses parures* est, pour mon âme, semblable à la vie; dès qu'elle s'éloigne, c'est comme la mort...

V

Certes, je me souviendrais, si je pouvais oublier; mais je ne puis connaître l'oubli de celle dont l'œil provocant rayonne.

L'AMANTE.

VI

Il ne sort point de dedans mes yeux; si je
les ferme, il n'en souffre point : il est si subtil,
mon bien-aimé!...

VII

Il est, le bien-aimé, dans le fond de mes
yeux; aussi je ne veux pas les peindre, sachant
que je le cacherais...

VIII

Dans mon cœur réside l'adoré; c'est pourquoi je n'ose manger chaud, pensant que je le
brûlerais...

IX

Si je clignais les yeux, je le cacherais, je le
sais... — A tout cela : « C'est un indifférent! »
dira la ville...

X

Toujours dans ma pensée il résidera, joyeux.
— Mais la ville dira : « Ailleurs habite l'indifférent... »

VI

RENONCEMENT

A LA PUDEUR

L'AMANT.

I

Pour ceux qui se lamentent, après s'être adonnés à l'amour, la « branche de palmier » sera la seule joie : ils n'auront point d'autre ressource*.

II

Dans une intolérable affliction, le corps et l'âme chevaucheront sur la branche de palmier, rejetant toute pudeur.

III

J'avais naguère la pudeur et la force virile; j'ai maintenant la branche de palmier, monture des amants.

IV

L'impétueux torrent de l'amour emporte ce vaisseau nommé Pudeur et Force virile.

V

Celle qui a de petits bracelets entrelacés m'a causé cette douleur qui, le soir, s'exaspère avec la branche de palmier...

VI

Je songe, même la nuit, à chevaucher sur la branche de palmier : le souvenir de l'enfant naïve empêche mes yeux de se fermer.

VII

Il n'est point d'âme forte comme celle de la femme qui, pareille à l'Océan, et tourmentée par l'amour, ne monte pas sur la branche de palmier.

L'AMANTE.

VIII

Elles sont précieuses par leur pudeur, elles sont toutes délicates : sans se le dire, mon amour se manifeste et sort du mystère.

IX

« Nul ne le connaît, » me disais-je ; et mon amour circule, éperdu, dans les rues.

X

Quand de mes yeux je les regarde, les ignorants se mettent à rire : c'est qu'ils ne ressentent point ce que j'éprouve.

VII

RÉVÉLATION

DES PROPOS PUBLICS

L'AMANT.

1

La médisance monte; mon âme supérieure est constante: cela, beaucoup l'ignorent, par bonheur!

II

N'ayant point connu le mérite de celle qui a les yeux pareils à des fleurs, les gens de la ville nous ont faits l'objet de leurs propos.

III

N'arrive-t-elle pas à nous, la rumeur que tout le monde connaît? D'après son caractère, il semble que ce qui n'est pas, soit réellement*.

IV

Par les on-dit, l'amour augmente; sans cela, il perdrait de son essence et dépérirait.

V

A chaque ivresse, on se passionne pour le callou; de même l'amour devient plus doux chaque fois qu'il se manifeste au grand jour*.

L'AMANTE.

VI

L'avoir vu un seul jour ! La médisance ressemble au serpent qui a pris la lune*...

VII

Il croit, ce mal, quand la rumeur de la foule sert d'engrais, et les paroles maternelles de rosée fertilisante.

VIII

Dire : « Avec la médisance nous éteindrons l'amour, » cela revient à dire : « Nous éteindrons le feu avec du beurre fondu. »

IX

Puis-je avoir honte de la médisance, après que s'est éloigné, à ma confusion générale, celui qui me disait : « Ne crains rien, aime-moi ?... »

X

Mon adoré, s'il le veut bien, satisfera mon envie : la rumeur de mon désir s'élève par cette ville.

VIII

IMPOSSIBILITÉ

DE

SUPPORTER LA SÉPARATION

L'AMANTE.

I

Si tu ne t'en vas pas, dis-le-moi; sinon, informe de ton prochain retour ceux qui seront là.

II

C'est un plaisir de le voir... — Il me possède, et la tristesse me gagne, appréhendant la séparation.

III

Difficile est la confiance, même chez ceux qui s'y attendent, quand une fois déjà il y a eu séparation.

IV

S'il est parti, celui qui disait avec tendresse : « Ne crains rien, » est-ce leur faute, à celles qui se fiaient à la bonne foi de ses paroles ?

V

Si vous aimez, redoutez l'éloignement de l'adoré ; lui parti, la réunion sera difficile.

VI

S'il est assez cruel pour parler de séparation, je ne pourrai point dire : « Il va me satisfaire*. »

VII

Les bracelets qui sont descendus de mes bras sur mes doigts, ne proclament-ils pas l'abandon de mon époux?...

VIII

Il est pénible de vivre dans une ville inhabitée : il est plus pénible encore d'être séparé de celui qui vous est doux.

IX

Le feu brûle quand on le touche; mais, comme le mal d'amour, peut-il consumer ce qui est éloigné?

X

Il y en a qui souffrent l'impossible, chassent le mal de la tristesse, et, malgré la séparation, peuvent supporter de vivre !

IX

LAMENTATIONS

DE

LA DOULEUR ACCABLANTE

L'AMANTE.

I

Je veux cacher ma douleur... Mais voici
qu'elle remonte comme l'eau d'une source
aussitôt qu'on vient d'y puiser!

3

II

Je ne puis arriver à cacher cette douleur, et j'ai honte d'en parler à l'auteur de mon mal !...

III

Dans mon corps défaillant l'amour et la honte se font équilibre aux deux extrémités de mon âme.

IV

Certes, il y a un Océan d'Amour; mais il n'y a point d'esquif sauveur pour le traverser.

V

Que doivent-ils être dans la haine, ceux qui, dans l'amitié, peuvent susciter l'affliction?...

VI

Le plaisir, c'est l'océan; mais de l'amour qui tue, la douleur est bien plus vaste !...

VII

J'ai traversé l'onde cruelle de l'Amour, et je n'ai point vu de rivage : au milieu de la nuit je demeure seule !

VIII

Elle a endormi tous les êtres vivants, la nuit miséricordieuse ; elle n'a gardé que moi pour compagne...

IX

Elle est plus cruelle que la cruauté des cruels... La nuit aujourd'hui s'écoule longuement.

X

Si, tels que ma pensée, mes yeux pouvaient s'étendre sur la voie de mon désir, ils ne traverseraient point le torrent des larmes.

X

PERTE DES YEUX PAR LE DÉSIR

L'AMANTE.

I

Pourquoi donc pleurent-ils, mes yeux?
Eux-mêmes, ils m'ont fait voir ce mal qui
ne cesse point.

II

Mes yeux dévorants qui, inconsciemment, l'ont regardé, pourquoi souffrent-ils l'affliction sans chercher à s'en affranchir?

III

Eux-mêmes en se hâtant l'ont regardé : eux-mêmes pleurent ?... C'est une chose dont il faudrait rire!

IV

Impuissants à verser des larmes, restent secs mes yeux dévorants qui ont introduit chez moi le mal irrémédiable auquel je ne puis échapper!

V

Mes yeux souffrent de ne pouvoir se livrer au sommeil ; eux m'ont causé ce mal d'amour que ne contiendrait pas l'océan.

VI

Oh! combien il m'est doux que mes yeux,
cause de ce mal, en souffrent eux-mêmes!

VII

Affligés, affligés, ils peuvent se tarir, ces
yeux qui, ravis, ravis, contemplèrent celui
que je désire *!

VIII

Il est là et ne m'aime plus, celui qui m'ado-
rait : mes yeux ne peuvent se résoudre à ne
pas le voir.

IX

Ils veillent quand il ne vient pas; ils veillent
quand il est présent: aussi souffrent-ils beaucoup, mes yeux !...

X

Il n'est point difficile aux gens de pénétrer le secret de ceux qui, comme moi, ont les yeux semblables à des tambourins sonores.

XI

PLAINTES

A CAUSE DE LA PALEUR

L'AMANTE.

I

J'AI consenti au départ du bien-aimé: à qui dirai-je donc ma pâleur?

II

Pour dire que c'est lui qui me l'a donnée, la pâleur monte et s'étend sur mon corps.

III

Il m'a pris ma pudeur et ma beauté; en échange, il m'a donné l'affliction et la pâleur.

IV

Je songe à lui et je dis sa constance: la pâleur est donc mensongère.

V

Mon bien-aimé s'en va: la pâleur aussitôt envahit mes membres!

VI

De même que la nuit apparaît à la fin du jour, de même survient la pâleur, lorsque cessent les étreintes de l'époux...

VII

Par lui possédée, je reposais; j'ai changé de place: ma pâleur aussitôt a paru saisissable à la main!

VIII

On dit: « *Elle* a changé de couleur; » mais on ne dit pas: « C'est qu'*il* l'a abandonnée! »

IX

En vérité, que la pâleur envahisse mon corps, pourvu qu'il soit constant, celui qui fait toute ma joie!...

X

Que ce surnom me soit donné: « *la Pâle,* » c'est bien; mais qu'on ne médise point, en son absence, de celui qui a fait aimer.

XII

ACCROISSEMENT

DE

LA DOULEUR SOLITAIRE

L'AMANTE.

I

CELLE qui a obtenu l'adoration de son bien-aimé, goûte le fruit mûr, sans noyau, de l'amour.

II

Comme la pluie donnée au monde, est l'amour prodigué par l'adoré à l'adorée...

III

A la bien-aimée du bien-aimé appartiendra l'orgueil de dire: « Je suis heureuse! »

IV

L'amante sera malheureuse si celui qu'elle aime ne l'aime point.

V

Que peut-il me faire, celui qui a pris mon amour, si l'amour ne l'a point saisi?

VI

L'amour solitaire est pénible; il est doux quand il est supporté à deux comme un fardeau.

VII

Ne voit-il pas les tourments et les angoisses (de l'autre), Kâma qui chez un seul va s'installer?

VIII

Il n'est point, dans ce bas monde, de femme insensible comme celle qui vit sans recevoir les douces paroles d'un amant.

IX

On peut dire de mon bien-aimé qu'il me dédaigne : entendre parler de lui m'est doux à l'oreille...

X

Tu diras à l'indifférent le mal qui m'accable:
ô mon cœur, salut! tu ne pourras combler la
mer*! »

XIII

PLAINTES

DE

CEUX QUI PENSENT L'UN A L'AUTRE

L'AMANT.

I

L'AMOUR est plus doux que le callou, puisque son souvenir provoque, à lui seul, une grande joie infinie.

4

II

Voyez combien l'amour est doux! Lorsqu'on pense à sa bien-aimée, il n'arrive rien d'amer.

L'AMANTE.

III

Il paraissait songer à moi; n'y songe-t-il pas? Une envie d'éternuer semblait me prendre : elle passe*!...

IV

Suis-je aussi, moi, dans son cœur?... Il est dans le mien, lui!

V

Il m'a bannie de son cœur; n'a-t-il pas honte de venir sans cesse dans le mien?

VI

Comment puis-je vivre?... Je vis en songeant
au jour où par lui je fus possédée.

VII

Que deviendrais-je donc si j'oubliais? Mais
j'ignore l'oubli; rien qu'à se souvenir mon
cœur brûle...

VIII

Quelque longtemps que je pense au bien-
aimé, il ne se fâche pas: n'est-ce point la seule
faveur qu'il m'ait accordée?

IX

Ma douce âme dépérit, songeant avec douleur à la cruauté de celui qui disait: « Je ne
changerai point. »

X

Pour que mes yeux revoient celui qui est parti sans sortir de mon cœur, ne te cache pas, ô Lune, salut!...

XIV

DESCRIPTION
DU
SONGE NOCTURNE

L'AMANTE.

I

QUELLE fête ferai-je au songe qui m'arrive avec un message du bien-aimé?

II

Si mes yeux dévorants pareils à des cyprins dorment sur ma prière, je dirai quelle est ma vie à celui qui m'a possédée.

III

Mon âme est revivifiée si je vois en songe celui qui, dans la réalité, ne m'aime pas.

IV

En rêve naissent les voluptés amoureuses qui recherchent, pour me le donner, celui qui me dédaigne dans la réalité.

V

Ce qu'on a vu dans l'état de veille, paraît aussi doux quand on le revoit, même en rêve.

VI

S'il n'existait pas une réalité, ce n'est certes point dans le rêve que s'éloignerait le bien-aimé.

VII

Pourquoi m'afflige-t-il en songe, le cruel qui, lorsque je veille, ne m'aime point?

VIII

Quand je sommeille, il repose entre mes bras; si je m'éveille, il n'est plus que dans mon cœur...

IX

Elles souffrent lorsqu'elles veillent à cause de celui qui les abandonne, celles qui, en rêve, n'ont point vu leur adoré.

X

Dans la réalité ces gens-ci disent qu'il m'a délaissée : ils ne le voient donc pas dans mes rêves ?

XV

LAMENTATIONS

AU CRÉPUSCULE

L'AMANTE.

I

Es-tu le soir? Non! Tu es le temps qui
dévore la vie de l'épouse : ô toi, Crépuscule, salut!

II

Salut! Ton œil est triste, ô trouble soir!
A-t-elle le regard cruel de mon amant, ta compagne?

III

Le soir qui pâlit à la tombée de la rosée,
vient augmenter ma douleur, par l'épanouis-
sement de la crainte...

IV

Le couchant vient là où n'est pas mon adoré,
comme l'ennemi sur un champ de carnage.

V

Quel bien ai-je fait au matin? Quel mal ai-je
fait au soir?

VI

Le matin, quand mon époux n'était pas parti, j'ignorais que le soir m'apporterait l'affliction.

VII

Cette douleur, éclose dans la matinée, en boutons tout le jour, s'épanouit au crépuscule du soir.

VIII

La flûte du berger, messagère du soir embrasé, me semble une arme de mort...

IX

Quand s'étend le soir qui trouble les esprits, s'afflige la ville apeurée...

X

Mon âme immortelle se meurt quand vient le soir inquiet, en songeant à celui que la fortune seule préoccupe.

XVI

DÉPÉRISSEMENT

DES

MEMBRES

LA CONFIDENTE.

I

Tu songes à celui qui s'en est allé au loin, nous laissant dans l'affliction, et tes yeux sont honteux des fleurs odoriférantes !...

II

Tes yeux pâlis, mouillés de larmes, semblent dire l'abandon du bien-aimé.

III

Tes épaules bien remplies le jour de votre union, semblent révéler à tout le monde qu'il est parti...

IV

Il est parti, le bien-aimé : l'embonpoint a disparu ; les bracelets verts s'échappent ; après leur ancienne beauté, tes bras se sont flétris !..

V

Tes bras se sont flétris après leur ancienne beauté : leurs bracelets racontent la cruauté du cruel...

L'AMANTE.

VI

Mes bras échappent à leurs anneaux... C'est que je souffre : cela m'a fait mal de l'appeler cruel...

VII

Seras-tu grandi, ô mon cœur, pour avoir dit au méchant le cri de mes bras desséchés ?

L'AMANT.

VIII

Je détachais mes bras après l'avoir possédée, et le front de l'enfant naïve aux bracelets verts pâlit...

IX

Entre nos deux corps, comme je la possédais, a passé une fraîche brise : les grands yeux humides de l'enfant naïve ont pâli...

X

Tout en pâlissant, oh! ces yeux ont eu de
la peine en voyant ce que faisait le front brillant!...

XVII

ENTRETIEN AVEC SON COEUR

L'AMANTE.

I

Réfléchis, ô mon cœur! ne saurais-tu m'indiquer au moins un remède pour guérir ce mal de quelque manière que ce soit.

5

II

Toi souffrir, quand lui n'aime pas? c'est sottise, ô mon cœur! salut!

III

Dans mon attente et mes pensées, pourquoi te briser, ô mon cœur? Il ne regrette point et ne songe pas à moi, l'auteur de ce mal cruel!..

IV

Prends mes yeux et pars, ô mon cœur! Ils me dévorent du désir de le voir...

V

O mon cœur! pourrai-je abandonner comme un ennemi l'indifférent que j'adore?

VI

Tu as vu le bien-aimé s'attendrir quand il m'a possédée, et tu bouderais sans te laisser fléchir? Tu brûles d'une fureur mensongère, ô mon cœur !

VII

O mon bon cœur! renonce à l'amour ou renonce à la pudeur : je ne pourrai, moi, supporter les deux à la fois...

VIII

Celui qui me dédaigne a le cœur tendre, dis-tu; et, consumé de regrets, tu cours après le fugitif... O mon cœur stupide !

IX

En toi-même est le bien-aimé : vers qui t'élances-tu par la pensée, ô mon cœur?

X

Je possède dans mon cœur celui qui s'en
est allé au loin : la beauté en a disparu.

XVIII

DESTRUCTION DE LA RETENUE

L'AMANTE.

I

LA hache de l'amour brise la porte, fermée par le verrou de la pudeur, qu'on nomme la retenue.

II

L'amour est impitoyable; mon cœur, même au milieu de la nuit, est assujetti à son empire.

III

Je veux cacher mon amour... Malgré moi, hélas ! il éclate ainsi qu'un éternuement!

IV

Je veux me targuer de pudeur... Hélas ! mon amour, trangressant le mystère, se mani-feste ouvertement...

V

La suprême convenance de ne point courir après l'infidèle est inconnue à celles qui sont en proie au mal d'amour.

VI

Quel est-il, ce mal qui m'a saisie, et m'a donné l'envie de courir après l'infidèle *?

VII

La pudeur est une chose que j'ignore, s'il compatit à mes désirs, celui que j'aime d'amour.

VIII

Le doux langage du fripon aux multiples perfidies, n'est-il point l'arme qui brise notre dignité de femmes ?

IX

« Je résisterai à l'amour, » disais-je en fuyant... Et je me suis livrée, voyant que mon cœur volait au-devant de ses étreintes....

X

Peuvent-elles dire : « Je refuserai de m'unir à lui, » celles dont le cœur est semblable au beurre jeté dans le feu ?

XIX

DÉSIRS MUTUELS

L'AMANTE.

I

Mes yeux ternis sont privés de lumière ; mes doigts se sont usés à marquer les jours depuis qu'il est parti...

II

O femme aux bijoux étincelants ! si maintenant je l'oubliais, mes joyaux glisseraient de mes bras par la ruine de ma beauté !

III

Curieux d'aventures, avec sa pensée pour campagne, il s'en est allé... J'existe encore dans l'attente de son retour.

IV

Je songe: « Il reviendra, celui qui a laissé les voluptés de la possession... » Et mon cœur s'exalte au plus haut degré !

V

Oh! que je puisse voir mon époux plein mes yeux ! Alors disparaîtra la pâleur de mes bras frêles...

VI

Qu'il vienne donc un jour, mon époux! Je
m'en rassasierai, guérie de tout le mal de mes
tortures !

VII

Dois-je me refuser à l'étreinte ? Y consen-
tirai-je ? Dois-je me livrer à lui, s'il revient,
l'ami pareil à mes yeux ?

L'AMANT.

VIII

La bataille livrée, puisse le roi remporter
la victoire! Ce soir, je reviendrai en hâte dans
ma maison, et je posséderai ma bien-aimée.

IX

Un jour dure sept jours pour celle qui se
consume à guetter le jour où reviendra l'ab-
sent.

X

A quoi bon mon retour, à quoi bon ma présence, à quoi bon mes étreintes, si son cœur brisé n'existe plus ?

XX

RECONNAISSANCE

DES INDICES

L'AMANT.

I

Tu peux dissimuler : ton œil dévorant,
qui malgré toi se trahit, a quelque chose
à me dire.

II

Cette jeune fille aux yeux pleins de beauté, aux bras pareils à des bambous, possède grandement les qualités de la femme.

III

Comme un fil qui se laisse voir à travers la pierre précieuse, on perçoit un « *je ne sais quoi* » dans les charmes de la jeune fille.

IV

Il y a quelque chose dans le calice de son sourire, comme le parfum est contenu dans le calice du bouton de fleur.

V

Le projet secret conçu par la jeune fille aux bracelets étroits, est le seul remède qui puisse guérir sa suprême douleur.

L'AMANTE.

VI

La possession qu'on a tant de peine à désirer, a le pressentiment douloureux de la prochaine absence de l'amant.

VII

Mes bracelets ont connu, même avant moi, l'éloignement de mon doux maître...

VIII

Hier est parti le bien-aimé: depuis sept jours la pâleur s'était emparée de mes membres!

LA CONFIDENTE.

IX

Elle regardait ses anneaux, elle regardait ses bras délicats, elle regardait ses pieds, et elle songeait à tout cela!...

L'AMANT.

X

« Plus femme que la femme, » peut-on dire de celle dont les yeux suppliants racontent le mal d'amour*!

XXI

DÉSIR DE LA POSSESSION

L'AMANTE.

I

L'IVRESSE de la pensée, l'enivrement des yeux, ne sont point dans le callou, mais dans l'amour.

II

Il ne faut pas gros comme un grain de mil de bouderie, lorsque l'amour est grand comme un palmier.

III

Bien que sans me choyer il satisfasse ses désirs, mes yeux n'ont point de repos s'ils ne voient mon adoré...

IV

Je voulais lui tenir rigueur, ô ma compagne! Mais mon cœur oublieux courait au-devant de la possession.

V

Les yeux ne voient pas le pinceau qui sert à les peindre : de même je ne vois plus les torts de mon époux, quand je le vois !

VI

Quand je le vois, je ne vois point ses torts : quand il n'est plus là, je ne vois plus que ses torts...

VII

Comme ceux qui, sûrs de se sauver, se précipitent dans les flots, pourquoi, certaine de mentir, me refuser à l'union?

LA CONFIDENTE.

VIII

Tes embrassements, ô perfide, sont comme le callou, même s'ils jettent au mal du déshonneur ceux qu'ils enivrent.

L'AMANT.

IX

L'amour est plus délicat que les fleurs : peu de personnes en saisissent l'occasion.

X

Me boudant des yeux, elle s'est livrée, plus empressée à l'étreinte que moi-même!...

XXII

QUERELLE AVEC LE COEUR

L'AMANTE.

I

Son cœur est tout à lui, tu le vois ; ô mon cœur! pourquoi n'es-tu pas tout à moi!

II

Tu vois qu'il me dédaigne, ô mon cœur! et cependant tu cours vers lui, en disant : « Il ne me hait pas... »

III

Aux misérables, point d'amis!... Est-ce pour cela que tu cours après lui comme si tu l'aimais, ô mon cœur?

IV

Qui désormais voudra prendre conseil de toi, ô mon cœur? Tu boudes pour céder ensuite!

V

Il craint de ne pas l'obtenir; s'il l'obtient, il redoute la séparation... D'incessantes inquiétudes affligent mon cœur!

VI

Quand toute seule je songe à lui, mon cœur est là qui me dévore!

VII

J'ai oublié toute prudence, en proie aux souffrances de mon pauvre cœur naïf, qui ne peut l'oublier, lui!

VIII

Mon cœur se dit en lui-même : « Le rebuter serait de l'abjection; » et, aimant la vie, il pense à sa constance.

L'AMANT.

IX

Qui m'assistera dans la douleur, si mon propre cœur se dérobe?

X

Si mon cœur lui-même n'est point avec moi,
il est naturel que des étrangers ne puissent
être de mon parti.

XXIII

BOUDERIE

LA CONFIDENTE.

I

Point d'amoureux enlacements, tiens rigueur. Voyons un peu le chagrin cruel
qu'il ressentira.

II

La bouderie, c'est le sel qui assaisonne;
poussée trop loin, c'en est l'exagération.

L'AMANTE.

III

C'est cruellement affliger des désolées, que
de laisser, sans les avoir prises, celles qui vous
tenaient rigueur!

IV

Ne pas assouvir celles qui vous tenaient
rigueur, c'est couper leurs souches aux lianes
languissantes.

L'AMANT.

V

C'est une chance, pour les amoureux de
grand mérite, que la bouderie chez la femme
aux yeux pareils à des fleurs!

VI

L'amour, suivant qu'il ne rencontre ni aversion, ni bouderie, est comme un fruit mûr ou comme un fruit vert.

VII

On a, pendant la bouderie, une pensée douloureuse : l'attente sera-t-elle longue avant la possession?

VIII

Pourquoi donc souffrir quand il n'y a pas un amant qui le sait et qui dit : « Elle souffre !... »

IX

L'eau, sous un ombrage, est douce; chez les amants, la bouderie est douce.

X

M'unir à celle qui me laisse consumer par
ses rigueurs, c'est l'aspiration de mon cœur!

XXIV

SUBTILITÈS DE LA BOUDERIE

L'AMANTE.

I

Toutes celles qui sont femmes le dévorent des yeux en commun... — Je ne veux plus du contact de ta poitrine, ô débauché!...

II

Je boudais; il éternua, sachant que je lui dirais: « Puisses-tu vivre longtemps! »

L'AMANT.

III

Si je la couronne de guirlandes de fleurs, elle se fâche: « C'est pour vous représenter une étrangère, » dit-elle.

IV

« Nous nous aimons plus que personne, » ai-je dit... Elle est devenue boudeuse, répétant: « Plus que personne!... Plus que personne! »

V

Je lui disais: « Dans cette vie, jamais je ne me séparerai de toi. » — Ses yeux se sont remplis de larmes*...

VI

« J'ai pensé à toi... » — « Vous m'aviez
donc oubliée?... » Et, boudeuse, elle s'est refusée à l'union !

VII

Comme j'éternuais, elle m'a souhaité une
longue vie; puis, changeant de visage, elle
s'est mise à pleurer, disant: « Qui pense à vous
puisque vous éternuez? »

VIII

Je réprimais un éternuement; elle a fondu
en larmes: « Croyez-vous me cacher que vos
bien-aimées pensent à vous?... »

IX

J'ai beau l'assouvir, elle se fâche: « Êtes-
vous ainsi avec les autres? » dit-elle.

X

Je la regarde, absorbé par sa pensée...
Elle se fâche, et s'écrie: « A qui donc songez-
vous en me regardant toute?... »

XXV

DÉLICES DE LA BOUDERIE

L'AMANTE.

I

Même s'il n'y a point de faute de sa part, la bouderie a le pouvoir de le remettre sur la voie de l'affection.

II

Grâce au léger chagrin qui naît de la bouderie, le véritable amour, même à son déclin, acquiert de la force.

III

Le monde des dieux est-il comparable à la bouderie pour les amants qui, comme la terre avec l'eau, sont confondus l'un avec l'autre?

IV

Pendant la bouderie qui précède l'infinie possession, apparaît l'arme qui brise ma pensée...

L'AMANT.

V

Ne fût-on point coupable, on éprouve une certaine (volupté) à voir se dérober les tendres épaules de l'amante désirée...

VI

Pendant les repas, l'appétit rend les mets plus agréables; en amour, la bouderie augmente les joies de la possession.

VII

Dans la bouderie, les vaincus sont les véritables vainqueurs : cela se voit évidemment à la possession.

VIII

Obtiendrions-nous, grâce à la bouderie, cet assaisonnement voluptueux de l'étreinte qui met nos fronts en sueur?

IX

Qu'elle boude donc, ma perle éclatante! Que la nuit soit longue pour mes supplications!...

X

La bouderie, c'est le bonheur de l'amour; le bonheur de la bouderie, c'est la possession conquise.

Paris, 1889.

Appendice

I

LES COURTISANES

I

A bien y réfléchir, l'amour des prostituées et la lumière d'une lampe ne sont point choses dissemblables : de celle-ci la lumière s'éteint quand l'huile manque; l'amour de celles-là cesse quand on ne leur donne plus d'argent.

II

« Allons jouer sur la Montagne-Rouge, »
disait la femme au large pubis gracieusement
recourbé, aux précieux joyaux... — Arrivé sur
la Montagne-Rouge, comme je ne lui donnais
rien, elle s'est refusée à l'union, elle a pleuré
et s'est plainte d'une vive douleur aux pieds...

III

Celui qui se présenterait les mains vides,
fût-ce le beau Vichnou aux yeux rouges qu'a-
dorent dans le vaste espace céleste les Immor-
tels, la femme, pareille à une pétale de fleur
qu'on cueille, le renverrait avec un geste de
sa main *.

IV

Les courtisanes aux beaux yeux de nénufars, dont le cœur est sans aucune bonté, regardent comme du poison l'homme qui n'a pas la richesse; celui, au contraire, qui possède la fortune, eût-il poussé à la tige tournante d'un moulin à huile, elles le recherchent comme du sucre.

V

Les gens naïfs et ignorants, pareils aux animaux, aiment à se réunir aux épaules des courtisanes qui font comme les anguilles : (pour leur échapper), les anguilles se montrent d'une façon au serpent (terrestre), et d'une autre au poisson du lac clair où surnagent les fleurs mielleuses.

VI

« Tels que l'oiseau *andil* et sa femelle, tels que des perles et le fil qui les enchaîne, jamais nous ne nous séparerons, » disait la fille aux bracelets d'or ; mais elle s'est dérobée de plus en plus, ainsi que (va en diminuant) la corne du buffle de combat... — Et toi, mon bon cœur, es-tu resté (avec elle) ou es-tu venu (avec moi)?...

VII

Ceux qui croient connaître l'amour en le cherchant chez les courtisanes qui bondissent comme des taureaux ardents, et qui les dépouillent de leurs richesses en leur léchant la main comme font les vaches sauvages *, — ceux-là seront un objet de dérision pour bien des gens!...

VIII

Ceux qui prétendent suivre la bonne voie, ne recherchent point les étreintes des filles inflexibles qui sont caressantes lorsqu'on les sollicite, mais cruelles et fuyantes comme la corne du buffle lorsqu'on a satisfait leur cupidité.

IX

En elles-mêmes elles dissimulent la prodigalité de leur cœur, celles dont le front est superbe. On accorde foi à leurs paroles, et on pense : « Elles sont à nous ; » — mais on ne prend et on ne possède que des corps qui appartiennent au premier venu...

X

Chez ces filles au front brillant, au cœur ouvert à tout le monde, on pourra clairement pénétrer toute pensée de dissimulation; on ne les connaîtra pourtant pas encore, celles dont le corps est un réceptacle de vices.

II

LES FEMMES CHASTES

I

Même s'il s'agit de femmes au grand nom, telles qu'Indrâni, dont la chasteté est difficile à égaler, il y a des gens qui les poursuivent de l'ardeur de leurs désirs. La femme au front parfumé, à qui déplaisent ces poursuivants, est (pour son mari) un auxiliaire pour le bien.

II

Aux jours de détresse, où l'on n'a pour toute ressource que l'eau d'une cruche, même s'il arrive des hôtes affamés à dessécher l'Océan, une belle femme à la parole simple, qui suit continuellement la droite ligne du devoir, fait voir la grandeur de ses qualités domestiques.

III

L'eau de pluie se répand aux quatre points cardinaux, abondante ou fine, quoiqu'elle tombe dans les régions montagneuses : ainsi toute la ville célèbre la vertu domestique d'une femme à la grande chasteté qui, puissante, prospère et accomplit des choses supérieures dans l'intérieur de sa maison.

IV

Agréable aux yeux, sachant conformer sa parure aux désirs de son époux, observant la modestie et la retenue vis-à-vis des gens de la ville, sachant saisir avec réserve l'opportunité d'un refus, possédant la simplicité de la parole, telle est la vraie femme.

LA FEMME DE CASTE, AU SUJET DES COURTISANES.

V

Chaque fois que mon époux m'étreint et me possède, j'ai honte comme au premier jour où je l'ai vu. — Pourquoi les amoureux, dans leurs embrassements, ne possèdent-ils les femmes que par un désir matériel?

VI

Une femme pleine de pudeur, voilà le bien qu'on doit rechercher comme une épée tranchante dans la main d'un brave guerrier; — c'est comme la fortune chez l'homme généreux, comme un livre chez un savant.

L'ÉPOUSE A SA CONFIDENTE.

VII

Après être allé chez des créatures au front superbe, qui ne me sont point comparables, le maître, dont la poitrine est semblable à une montagne, viendra-t-il s'unir à moi sans avoir fait ses ablutions, ainsi qu'on égalise à la mesure d'un *touni* le *collou* rouge et le *collou* noir?

AU CHANTEUR.

VIII

Ne dis pas de choses cruelles, ô chanteur!
Si tu en as à dire, va, en glissant de ton pied
léger, tout doucement, les dire à celles qui
sont semblables au dessus du tambourin*; car
nous autres, pour le maître, nous sommes
semblables au dessous!

A SA SUIVANTE.

IX

Moi, je souffrais en voyant les insectes voler
autour du maître des fraîches rizières où l'eau
brille, et où l'on arrache le jonc; et je regar-
dais, moi, sa poitrine ornée de frais sandal,
qui lutte avec les seins (des courtisanes) quand
elles lancent leur feu destructeur.

AU CHANTEUR.

X

O chanteur! ne dis pas, en faisant un gros
mensonge, qu'il va nous accorder une grâce,
celui qui porte une guirlande où s'ouvrent des
boutons de fleurs : nous autres, pour le maître,
nous sommes semblables au nœud extrême de
la canne à sucre*; — mais dis-le à celles qui,
pour lui, sont semblables au nœud du milieu!..

III

NATURE INTIME DE L'AMOUR

LA CONFIDENTE DE L'ÉPOUSE A L'ÉPOUX.

I

La pâleur se répand sur le corps quand on ne s'unit pas (au bien-aimé); l'amour n'a point de sel lorsque la légère affliction provoquée par la bouderie en est absente. O maître des rives agréables du vaste lac où, brillant et bruissant, s'agite le flot mobile, bouder après s'être uni est un moyen (de retenir l'amoureux).

II

Pour celles qui sont sevrées de ces embrassements où se gonfle la belle poitrine, ornée d'une guirlande, des amoureux qu'elles désirent, c'est comme lorsque dans les régions du bord de la mer on bat du tambour à tous les points du ciel où mugissent les nuages, pour faire pleuvoir.

III

Quand arrive le soir troublant, alors que les ouvriers serrent leurs outils, elle cueille des fleurs qu'elle réunit par un lien; puis, elle jette sa guirlande en pleurant: « A quoi bon, dit-elle, une guirlande, pour celles qui n'ont point d'amoureux?... »

L'ÉPOUX A SON COMPAGNON DE VOYAGE.

IV

Elle regarde le soleil qui se couche, elle pleure, et, de ses doigts délicats, essuie les larmes de ses yeux pleins de petites raies rouges. Puis, après s'être étendue tout de son long sur sa couche, elle compte les jours sur ses doigts délicats; pense-t-elle, hélas! que c'est notre faute?

V

Le petit alcyon a suivi sa femelle bien aimée avec la pensée que ses yeux étaient des cyprins; il la suit, mais ne l'attaque pas, car il sait que son front est comme un arc recourbé.

LA MÈRE DE L'ÉPOUSE QUI VIENT D'ENVOYER SA FILLE A LA RECHERCHE DE SON ÉPOUX.

VI

Celle qui a une bouche de nénuphar rouge parfumée et une taille élégante, peut-elle supporter sous ses pieds, même lorsqu'elle marche doucement, doucement, et qu'on étale devant ses pas du coton coloré en rouge, le contact d'une graine de fruit?

LA CONFIDENTE DE L'ÉPOUSE A L'ÉPOUX.

VII

Quand est venu le soir aux sombres rougeurs, où cesse le murmure des copistes qui écrivent sur des ôles, toute en pleurs, elle a essuyé le sandal qui relevait la beauté de ses seins superbes; elle a jeté, après les avoir lacérées, les guirlandes de fleurs : elle songeait au départ de l'époux...

L'ÉPOUSE A SA CONFIDENTE.

VIII

Tu m'as demandé, ô toi qui as des bracelets éclatants : « Auras-tu demain la force de suivre le héros dans la forêt difficile à traverser ? » — Quand on achète un beau cheval, n'apprend-on pas la manière de le conduire ?

LA MÈRE DE L'ÉPOUSE SUR LE DÉPART DE SA FILLE.

IX

J'ignore l'art d'unir tout ensemble et les boutons des fleurs et les boutons des seins ; je connais seulement les signes que fait ma poupée fleurie en s'enfuyant avec la rapidité d'un troupeau de cerfs devant un tigre.

L'ÉPOUSE A SA CONFIDENTE.

X

O toi dont les seins ressemblent aux boutons des fleurs du *congou* doré, il ne faut accuser ni Çiva [qui a brûlé le corps du dieu de l'amour], ni le Corbeau [qui chasse le coucou qu'il a élevé par mégarde], ni le Serpent [qui rejette la lune après l'avoir avalée], ni ma mère qui m'a donné l'être [pour souffrir], mais le chemin qui entraîna mon époux vers la fortune!...

Paris, février-mai 1889.

Notes et Variantes

Page 7, II, vi *. Variante : Même s'ils affectent un langage d'étrangers, on reconnaît vite à leurs propos les gens....

Page 8, II, x *. Variante : Si leur regard met de concert les yeux avec les yeux.....

Page 14, IV, v *. *C'est-à-dire :* le tambourin annoncera ses funérailles, car sa taille trop délicate va se briser sous le poids de la fleur.

Page 18, V, iv *. *Littéralement :* mon précieux bijou.

Page 21, VI, i et suivants *. *La chevauchée du palmier.* — Voyez à la fin de l'avant-propos.

Page 26, VII, III *. Variante : N'arrive-t-elle pas à nous, la rumeur qui court la ville ? D'après son caractère, il semble qu'on ait obtenu ce qu'on n'a pu obtenir.

Page 26, VII, v *. Variante : Plus on s'enivre de callou, plus on désire boire ; ainsi l'amour paraît d'autant plus doux qu'il se manifeste davantage au grand jour.

Page 27, VII, vi *. Le Serpent avale la lune et provoque ainsi les éclipses.

Page 31, VIII, vi *. Variante : ... dire : « Il va me satisfaire, » serait difficile à mon désir.

Page 39, X, vii *. Variante : Qu'ils soient taris à force d'avoir pleuré, ces yeux qui, avec transport, contemplèrent celui que je désire !

Page 48, XII, x *. Contrairement à nous, les commentateurs expliquent ainsi ce passage : ... O mon cœur, salut ! comble la mer !

— Nous avons traduit littéralement sur le texte.

Page 50, XIII, iii *. Vous éternuez lorsque quelqu'un pense à vous. Croyance indienne.

Page 71, XVIII, vi *. Variante : De quelle espèce est-il, le mal qui m'a saisie ? *Il me fait la grâce* de me donner l'envie d'aller après l'infidèle.

Page 80, XX, x *. Variante : Elle est au-dessus de toutes les femmes, la suppliante dont les yeux expriment le mal d'amour !...

Page 94, XXIV, v *. Elle pensait : « Mais elle me quittera dans la vie future... »

APPENDICE

Page 102, I, III *. Variante :... en le saluant de la main.

Page 104, I, VII *. C'est une croyance hindoue que, lorsque cet animal lèche quelqu'un, il lui glace le sang et lui cause la mort.

Page 111, II, VIII *. C'est-à-dire : les courtisanes. — Comparaison indienne.

Page 112, II, x *. C'est la partie la moins succulente.

TABLE

—

APPENDICE

Achevé d'imprimer

le vingt et un septembre mil huit cent quatre-vingt-neuf

PAR

ALPHONSE LEMERRE

(Bincel, conducteur)

25, RUE DES GRANDS-AUGUSTINS, 25

A PARIS

BIBLIOTHEQUE CONTEMPORAINE

VOLUMES IN-18 JESUS, IMPRIMÉS SUR PAPIER VÉLIN
Chaque volume, 3 fr. 50.

PAUL ARÈNE	*Vingt jours en Tunisie*	1 vol.
BARBEY D'AUREVILLY	*Une Histoire sans nom*	1 vol.
—	*Ce qui ne meurt pas*	1 vol.
—	*Premier Memorandum*	1 vol.
ÉMILE BERGERAT	*Le Livre de Caliban*	1 vol.
—	*Figurismes de Caliban*	1 vol.
PAUL BOURGET	*Psychologie contemporaine*	2 vol.
—	*Études et Portraits*	2 vol.
—	*L'Irréparable*	1 vol.
—	*Pastels*	1 vol.
—	*Cruelle Énigme*	1 vol.
—	*Un Crime d'amour*	1 vol.
—	*André Cornélis*	vol.
—	*Mensonges*	vol.
—	*Le Disciple*	vol.
—	*Physiologie de l'amour moderne*	1 vol.
ADOLPHE CHENEVIÈRE	*Secret Amour*	1 vol.
—	*Contes indiscrets*	1 vol.
FRANÇOIS COPPÉE	*Contes en prose*	1 vol.
—	*Vingt contes nouveaux*	1 vol.
—	*Contes Rapides*	1 vol.
—	*Henriette*	1 vol.
PHILIPPE CHAPERON	*Histoires tragiques et Contes gais*	1 vol.
—	*Mademoiselle Vermont*	1 vol.
—	*Argine Lamiral*	1 vol.
—	*Bon-Repos*	1 vol.
—	*Justice humaine*	1 vol.
A. DAUDET	*Les Femmes d'*[illegible] (Éd. Guillaume)	1 vol.
—	(Éd. ordinaire)	1 vol.
—	*L'Immortel*	1 vol.
H. DE PONTAIMIEU	*Le Livre de l'Amour*	1 vol.
FERDINAND FABRE	*Ma Vocation*	1 vol.
PAUL HERVIEU	*Les Yeux verts et les Yeux bleus*	1 vol.
—	*L'Alpe Homicide*	1 vol.
—	*L'Inconnu*	1 vol.
—	*Deux Plaisanteries*	1 vol.
JULES [illegible]	[illegible]	1 vol.
PAUL [illegible]	[illegible]	1 vol.
	[illegible] *Maternelle*	1 vol.

PARIS. — Imp. A. Lemerre, 25, rue des Grands-Augustins.

www.ingramcontent.com/pod-product-compliance
Ingram Content Group UK Ltd.
Pitfield, Milton Keynes, MK11 3LW, UK
UKHW021222140726
13695UKWH00002B/710